# Cesar Vallejo

# PACO YUNQUE

Copyright

www.LibrosParaKindle.com

Cuando Paco Yunque y su madre llegaron a la puerta del colegio, los niños estaban jugando en el patio. La madre le dejó y se fue. Paco, paso a paso, fue adelantándose al centro del patio, con su libro primero, su cuaderno y su lápiz. Paco estaba con miedo, porque era la primera vez que veía a un colegio; nunca había visto a tantos niños juntos.

Varios alumnos, pequeños como él, se le acercaron y Paco, cada vez más tímido, se pegó a la pared, y se puso colorado. ¡Qué listos eran todos esos chicos! ¡Qué desenvueltos! Como si estuviesen en su casa. Gritaban. Corrían. Reían hasta reventar. Saltaban. Se daban de puñetazos. Eso era un enredo.

Paco estaba también atolondrado porque en el campo no oyó nunca sonar tantas voces de personas a la vez. En el campo hablaba primero uno, después otro, después otro y después otro. A veces, oyó hablar hasta cuatro o cinco personas juntas. Era su padre, su madre, don José, el cojo Anselmo y la Tomasa. Eso no era ya voz de personas sino otro ruido. Muy diferente. Y ahora sí que esto del colegio era una bulla fuerte, de muchos. Paco estaba asordado.

Un niño rubio y gordo, vestido de blanco, le estaba hablando. Otro niño más chico, medio ronco y con blusa azul, también le hablaba. De diversos grupos se separaban los alumnos y venían a ver a Paco, haciéndole muchas preguntas. Pero Paco no podía oír nada por la gritería de los demás. Un niño trigueño, cara redonda y con una chaqueta verde muy ceñida en la cintura agarró a Paco por un brazo y quiso arrastrarlo. Pero Paco no se dejó. El trigueño volvió a agarrarlo con más fuerza y lo jaló. Paco se pegó más a la pared y se puso más colorado.

En ese momento sonó la campana, y todos entraron a los salones de clase.

Dos niños –los hermanos Zumiga– tomaron de una y otra mano a Paco y le condujeron a la sala de primer año. Paco no quiso seguirlos al principio, pero luego obedeció, porque vio que todos hacían lo mismo. Al entrar al salón se puso pálido. Todo quedó repentinamente en silencio y este silencio le dio miedo a Paco. Los Zumiga le estaban jalando, el uno para un lado y el otro para el otro lado, cuando de pronto le soltaron y lo dejaron solo.

El profesor entró. Todos los niños estaban de pie, con la mano derecha levantada a la altura de la sien, saludando en silencio y muy erguidos.

Paco sin soltar su libro, su cuaderno y su lápiz, se había quedado parado en medio del salón, entre las primeras carpetas de los alumnos y el pupitre del profesor. Un remolino se le hacía en la cabeza. Niños. Paredes amarillas. Grupos de niños. Vocerío. Silencio. Una tracalada de sillas. El profesor. Ahí, solo, parado, en el colegio. Quería llorar. El profesor le tomó de la mano y lo llevó a instalar en una de las carpetas delanteras junto a un niño de su mismo tamaño. El profesor le preguntó:

— ¿Cómo se llama Ud.?

Con voz temblorosa, Paco muy bajito:

— Paco.

— ¿Y su apellido? Diga usted todo su nombre.

— Paco Yunque.

— Muy bien.

El profesor volvió a su pupitre y, después de echar una mirada muy seria sobre todos los alumnos, dijo con voz militar:

— ¡Siéntense!

Un traqueteo de carpetas y todos los alumnos ya estaban sentados.

El profesor también se sentó y durante unos momentos escribió en unos libros. Paco Yunque tenía aún en la mano su libro, su cuaderno y su lápiz. Su compañero de carpeta le dijo:

— Pon tus cosas, como yo, en la carpeta.

Paco Yunque seguía muy aturdido y no le hizo caso. Su compañero le quitó entonces sus libros y los puso en la carpeta. Después, le dijo alegremente:

— Yo también me llamo Paco, Paco Fariña. No tengas pena. Vamos a jugar con mi tablero. Tiene torres negras. Me lo ha comprado mi tía Susana. ¿Dónde está tu familia, la tuya?

Paco Yunque no respondía nada. Este otro Paco le molestaba. Como éste eran seguramente todos los demás niños: habladores, contentos y no les daba miedo el colegio. ¿Por qué eran así? Y él, Paco Yunque, ¿por qué tenía tanto miedo? Miraba a hurtadillas al profesor, al pupitre, al muro que había detrás del profesor y al techo. También miró de reojo, a través de la ventana, al patio, que estaba ahora abandonado y en silencio. El sol brillaba afuera. De cuando en cuando, llegaban voces de otros salones de clase y ruidos de carretas que pasaban por la calle.

¡Qué cosa extraña era estar en el colegio! Paco Yunque empezaba a volver un poco de su aturdimiento. Pensó en su casa y en su mamá. Le preguntó a Paco Fariña:

— ¿A qué hora nos iremos a nuestras casas?

— A las once. ¿Dónde está tu casa?

— Por allá.

— ¿Está lejos?

— Si... No...

Paco Yunque no sabía en qué calle estaba su casa, porque acababan de traerlo, hacía pocos días, del campo y no conocía la ciudad.

Sonaron unos pasos de carrera en el patio, apareció en la puerta del salón, Humberto, el hijo del señor Dorian Grieve, un inglés, patrón de los Yunque, gerente de los ferrocarriles de la Peruvian Corporation y alcalde del pueblo. Precisamente a Paco le habían hecho venir del campo para que acompañase al colegio a Humberto y para que jugara con él, pues ambos tenían la misma edad. Sólo que Humberto acostumbraba venir tarde al colegio y esta vez, por ser la primera, la señora Grieve le había dicho a la madre de Paco:

— Lleve usted ya a Paco al colegio. No sirve que llegue tarde el primer día. Desde mañana esperará a qué Humberto se levante y los llevará juntos a los dos.

El profesor, al ver a Humberto Grieve, le dijo:

— ¿Hoy otra vez tarde?

Humberto con gran desenfado, respondió:

— Que me he quedado dormido.

— Bueno –dijo el profesor–. Que esta sea la última vez. Pase a sentarse.

Humberto Grieve buscó con la mirada donde estaba Paco Yunque. Al dar con él, se le acercó y le dijo imperiosamente:

— Ven a mi carpeta conmigo.

Paco Fariña le dijo a Humberto Grieve:

— No. Porque el señor lo ha puesto aquí.

— ¿Y a ti qué te importa? –le increpó Grieve violentamente, arrastrando a Yunque por un brazo a su carpeta.

— ¡Señor! –gritó entonces Fariña–, Grieve se está llevando a Paco Yunque a su carpeta.

El profesor cesó de escribir y preguntó con voz enérgica:

— ¡Vamos a ver! ¡Silencio! ¿Qué pasa ahí?

Fariña volvió a decir:

— Grieve se ha llevado a su carpeta a Paco Yunque.

Humberto Grieve, instalado ya en su carpeta con paco Yunque, le dijo al profesor:

— Sí, señor. Porque Paco Yunque es mi muchacho. Por eso.

El profesor lo sabía esto perfectamente y le dijo a Humberto Grieve:

— Muy bien. Pero yo lo he colocado con Paco Fariña, para que atienda mejor las explicaciones. Déjelo que vuelva a su sitio.

Todos los alumnos miraban en silencio al profesor, a Humberto Grieve y a Paco Yunque.

Fariña fue y tomó a Paco Yunque por la mano y quiso volverlo a traer a su carpeta, pero Grieve tomó a Paco Yunque por el otro brazo y no lo dejó moverse.

El profesor le dijo otra vez a Grieve:

— ¡Grieve! ¿Qué es esto?

Humberto Grieve, colorado de cólera, dijo:

— No, señor. Yo quiero que Yunque se quede conmigo.

— Déjelo, le he dicho.

— No, señor.

— ¿Cómo?

— No.

El profesor estaba indignado y repetía, amenazador:

— ¡Grieve! ¡Grieve!

Humberto Grieve tenía bajo los ojos y sujetaba fuertemente por el brazo a Paco Yunque, el cual estaba aturdido y se dejaba jalar como un trapo por Fariña y por Grieve. Paco yunque tenía ahora más miedo a Humberto Grieve que al profesor, que a todos los demás niños y que al colegio entero. ¿Por qué Paco Yunque le tenía miedo a Humberto Grieve? ¿Por qué este Humberto Grieve solía pegarle a Paco Yunque?

El profesor se acercó a Paco Yunque, le tomó por el brazo y le condujo a la carpeta de Fariña. Grieve se puso a llorar, pataleando furiosamente su banco.

De nuevo se oyeron pasos en el patio y otro alumno, Antonio Gesdres, –hijo de un albañil–, apareció a la puerta del salón. El profesor le dijo:

— ¿Por qué llega usted tarde?

— Porque fui a comprar pan para el desayuno.

— ¿Y por qué no fue usted más temprano?

— Porque estuve alzando a mi hermanito y mamá está enferma y papá se fue al trabajo.

— Bueno –dijo el profesor, muy serio–. Párese ahí… Y, además, tiene usted una hora de reclusión.

Le señaló un rincón, cerca de la pizarra de ejercicios.

Paco Fariña, se levantó entonces y dijo:

— Grieve también ha llegado tarde, señor.

— Miente, señor –respondió rápidamente Humberto Grieve–. No he llegado tarde. Todos los alumnos dijeron en coro:

— ¡Sí, señor! ¡Sí, señor! ¡Grieve ha llegado tarde!

— ¡Psch! ¡Silencio! –dijo malhumorado el profesor y todos los niños se callaron.

secreto:

El profesor se paseaba pensativo. Fariña le decía a Yunque en

— Grieve ha llegado tarde y no lo castigan. Porque su papá tiene plata. Todos los días llega tarde. ¿Tú vives en su casa? ¿Cierto que eres su muchacho?

Yunque respondió:

— Yo vivo con mi mamá.

— ¿En la casa de Humberto Grieve?

— Es una casa muy bonita. Ahí está la patrona y el patrón. Ahí está mi mamá. Yo estoy con mi mamá.

Humberto Grieve, desde su banco del otro lado del salón, miraba con cólera a Paco Yunque y le enseñaba los puños, porque se dejó llevar a la carpeta de Paco Fariña.

Paco Yunque no sabía qué hacer. Le pegaría otra vez el niño Humberto, porque no se quedó con él, en su carpeta. Cuando saldrían del colegio, el niño Humberto le daría un empujón en el pecho y una patada en la pierna. El niño Humberto era malo y pegaba pronto, a cada rato. En la calle. En el corredor también. Y en la escalera. Y también en la cocina, delante de su mamá y delante de la patrona. Ahora le va a pegar, porque le estaba enseñando los puñetes y le miraba con ojos blancos. Yunque le dijo a Fariña:

— Me voy a la carpeta del niño Humberto.

Y Paco Fariña le decía:

— No vayas. No seas zonzo. El señor te va a castigar.

Fariña volteó a ver a Grieve y este Grieve le enseñó también a él los puños, refunfuñando no sé qué cosas, a escondidas del profesor.

— ¡Señor! –gritó Fariña– Ahí, ese Grieve me está enseñando los puñetes.

El profesor dijo:

— ¡Psc! ¡Psc! ¡Silencio!... ¡Vamos a ver!... Vamos a hablar hoy de los peces, y después, vamos a hacer todos un ejercicio escrito en una hoja de los cuadernos, y después me los dan para verlos. Quiero ver quién hace mejor ejercicio, para que su nombre sea escrito en el Cuaderno de Honor del Colegio, como el mejor alumno del primer año. ¿Me han oído bien? Vamos a hacer lo mismo que hicimos la semana pasada. Exactamente lo mismo. Hay que atender bien a la clase. Hay que copiar bien el ejercicio que voy a escribir después en la pizarra. ¿Me han entendido bien?

Los alumnos respondieron en coro:

— Sí señor.

— Muy bien –dijo el profesor–. Vamos a ver. Vamos a hablar ahora de los peces.

Varios niños quisieron hablar. El profesor le dijo a uno de los Zumiga que hablase.

— Señor –dijo Zumiga–: Había en la playa mucha arena. Un día nos metimos entre la arena y encontramos un pez medio vivo y lo llevamos a mi casa. Pero se murió en el camino…

Humberto Grieve dijo:

— Señor: yo he cogido muchos peces y los he llevado a mi casa y los he soltado en mi salón y no se mueren nunca.

El profesor preguntó:

— Pero… ¿los deja usted en alguna vasija con agua?

— No señor. Están sueltos, entre los muebles.

Todos los niños se echaron a reír.

Un chico, flacucho y pálido, dijo:

— Mentira, señor. Porque el pez se muere pronto, cuando lo sacan del agua.

— No, señor –decía Humberto Grieve–. Porque en mi salón no se mueren. Porque mi salón es muy elegante. Porque mi papá me dijo que trajera peces y que podía dejarlos sueltos entre las sillas.

Paco Fariña se moría de risa. Los Zumiga también. El chico rubio y gordo, de chaqueta blanca, y el otro cara redonda y chaqueta verde, se reían ruidosamente. ¡Qué Grieve tan divertido! ¡Los peces en su salón! ¡Entre los muebles! ¡Como si fuesen pájaros! Era una gran mentira lo que contaba Grieve. Todos los chicos exclamaban a la vez reventando de risa:

— ¡Ja! ¡Ja! ¡Ja! ¡Ja! ¡Ja! ¡Miente, señor! ¡Ja! ¡Ja! ¡Ja! ¡Ja! ¡Mentira! ¡Mentira!

Humberto Grieve se enojó porque no le creían lo que contaba. Todos se burlaban de lo que había dicho. Pero Grieve recordaba que trajo dos peces a su casa y los soltó en el salón y ahí estuvieron muchos días. Los movió y se movían. No estaba seguro si vivieron muchos días o murieron pronto. Grieve, de todos modos, quería que le creyeran lo que decía. En medio de las risas de todos, le dijo a uno de los Zumiga:

— ¡Claro! Porque mi papá tiene mucha plata. Y me ha dicho que va a hacer llevar a mi casa a todos los peces del mar. Para mí. Para que juegue con ellos en mi salón grande.

El profesor dijo en alta voz:

— ¡Bueno! ¡Bueno! ¡Silencio! Grieve no se acuerda bien, seguramente. Porque los peces mueren cuando…

Los niños añadieron en coro:

— ... se les saca del agua.

— Eso es –dijo el profesor. El niño flacucho y pálido dijo:

— Porque los peces tienen sus mamás en el agua y sacándolos, se quedan sin mamás.

— ¡No, no, no! –dijo el profesor–. Los peces mueren fuera del agua, porque no pueden respirar. Ellos toman el aire que hay en el agua, y cuando salen, no pueden absorber el aire que hay afuera.

— Porque ya están como muertos –dijo un niño.

Humberto Grieve dijo:

— Mi papá puede darles aire en mi casa, porque tiene bastante plata para comprar todo.

El chico vestido de verde dijo:

— Mi papá también tiene plata.

— Mi papá también –dijo otro chico.

Todos los niños dijeron que sus papás tenían mucho dinero. Paco Yunque no decía nada y estaba pensando en los peces que morían fuera del agua.

Fariña le dijo a Paco Yunque:

— Y tú, ¿tu papá no tiene plata?

Paco Yunque reflexionó y se acordó haberle visto una vez a su mamá con unas pesetas en la mano. Yunque dijo a Fariña:

— Mi mamá tiene también mucha plata.

— ¿Cuánto? –le preguntó Fariña.

— Como cuatro pesetas.

Fariña dijo al profesor en voz alta:

— Paco Yunque dice que su mamá tiene también mucha plata.

— ¡Mentira, señor! –respondió Humberto Grieve– Paco Yunque miente, porque su mamá es la sirvienta de mi mamá y no tiene nada.

El profesor tomó la tiza y escribió en la pizarra dando la espalda a los niños.

Humberto Grieve, aprovechando de que no le veía el profesor, dio un salto y le jaló de los pelos a Yunque, volviéndose a la carrera a su carpeta. Yunque se puso a llorar.

— ¿Qué es eso? –dijo el profesor, volviéndose a ver lo que pasaba.

Paco Fariña, dijo:

— Grieve le ha tirado de los pelos, señor.

— No, señor –dijo Grieve–. Yo no he sido. Yo no me he movido de mi sitio.

— ¡Bueno, bueno! –dijo el profesor–. ¡Silencio! ¡Cállese Paco Yunque! ¡Silencio!

Siguió escribiendo en la pizarra; y después preguntó a Grieve:

— Si se le saca del agua, ¿qué sucede con el pez?

— Va a vivir en mi salón –contestó Grieve.

Otra vez se reían de Grieve los niños. Este Grieve no sabía nada. No pensaba más que en su casa y en su salón y en su papá y en su plata. Siempre estaba diciendo tonterías.

— Vamos a ver, usted, Paco Yunque –dijo el profesor– ¿Qué pasa con el pez, si se le saca del agua?

Paco Yunque, medio llorando todavía por el jalón de los pelos que le dio Grieve, repitió de una tirada lo que dijo el profesor:

— Los peces mueren fuera del agua porque les falta aire.

— ¡Eso es! –decía el profesor–. Muy bien. Volvió a escribir en la pizarra.

Humberto Grieve aprovechó otra vez de que no podía verle el profesor y fue a darle un puñetazo a Paco Fariña en la boca y regresó de un salto a su carpeta. Fariña, en vez de llorar como Paco Yunque, dijo a grandes voces al profesor:

— ¡Señor! ¡Acaba de pegarme Humberto Grieve!

— ¡Sí, señor! ¡Sí, señor! –decían todos los niños a la vez.

Una bulla tremenda había en el salón.

El profesor dio un puñetazo en su pupitre y dijo:

— ¡Silencio!

El salón se sumió en un silencio completo y cada alumno estaba en su carpeta, serio y derecho, mirando ansiosamente al profesor. ¡Las cosas de este Humberto Grieve! ¡Ya ven lo que estaba pasando por su cuenta! ¡Ahora habrá que ver lo que va a hacer el profesor, que estaba colorado de cólera! ¡Y todo por culpa de Humberto Grieve!

— ¿Qué desorden es ése? –preguntó el profesor a Paco Fariña.

Paco Fariña, con los ojos brillantes de rabia, decía:

— Humberto Grieve me ha pegado un puñetazo en la cara, sin que yo le haga nada.

16

— ¿Verdad, Grieve?

— No, señor –dijo Humberto Grieve–. Yo no le he pegado.

El profesor miró a todos los alumnos sin saber a qué atenerse. ¿Quién de los dos decía la verdad? ¿Fariña o Grieve?

— ¿Quién lo ha visto? –preguntó el profesor a Fariña.

— ¡Todos, señor! Paco Yunque también lo ha visto.

— ¿Es verdad lo que dice Paco Fariña? –le preguntó el profesor a Yunque.

Paco Yunque miró a Humberto Grieve y no se atrevió a responder, porque si decía sí, el niño Humberto le pegaría a la salida. Yunque no dijo nada y bajó la cabeza.

Fariña dijo:

— Yunque no dice nada, señor, porque Humberto Grieve le pega, porque es su muchacho y vive en su casa.

El profesor preguntó a los otros alumnos:

— ¿Quién otro ha visto lo que dice Fariña?

— ¡Yo, señor! ¡Yo, señor! ¡Yo, señor! El profesor volvió a preguntar a Grieve:

— ¿Entonces, es cierto, Grieve, que le ha pegado usted a Fariña?

— ¡No, señor! Yo no le he pegado.

— Cuidado con mentir Grieve. ¡Un niño decente como usted, no debe mentir!

— No, señor. Yo no le he pegado.

— Bueno. Yo creo en lo que usted dice. Yo sé que usted no miente nunca. Bueno. Pero tenga usted mucho cuidado en adelante.

El profesor se puso a pasear, pensativo, y todos los alumnos seguían circunspectos y derechos en sus bancos.

Paco Fariña gruñía a media voz y como queriendo llorar:

— No le castigan, porque su papá es rico. Le voy a decir a mi mamá.

El profesor le oyó y se plantó enojado delante de Fariña y le dijo en alta voz:

— ¿Qué está usted diciendo? Humberto Grieve es un buen alumno. No miente nunca. No molesta a nadie. Por eso no le castigo. Aquí todos los niños son iguales, los hijos de ricos y los hijos de pobres. Yo los castigo aunque sean hijos de ricos. Como usted vuelva a decir lo que está diciendo del padre de Grieve, le pondré dos horas de reclusión. ¿Me ha oído usted?

Paco Fariña estaba agachado. Paco Yunque también. Los dos sabían que era Humberto Grieve quien les había pegado y que era un gran mentiroso.

El profesor fue a la pizarra y siguió escribiendo.

— ¿Por qué no le dijiste al señor que me ha pegado Humberto Grieve?

— Porque el niño Humberto me pega.

— Y, ¿por qué no se lo dices a tu mamá?

— Porque si le digo a mi mamá, también me pega y la patrona se enoja.

Mientras el profesor escribía en la pizarra, Humberto Grieve se puso a llenar de dibujos su cuaderno.

Paco Yunque estaba pensando en su mamá. Después se acordó de la patrona y del niño Humberto. ¿Le pegarían al volver a la casa? Yunque miraba a los otros niños y éstos no le pegaban a Yunque ni a Fariña, ni a nadie. Tampoco le querían agarrar a Yunque en las otras carpetas, como quiso hacerlo el niño Humberto. ¿Por qué el niño Humberto era así con él? Yunque se lo diría ahora a su mamá y si el niño Humberto le pegaba, se lo diría al profesor. Pero el profesor no le hacía nada al niño Humberto. Entonces, se lo diría a Paco Fariña. Le preguntó a Paco Fariña:

— ¿A ti también te pega el niño Humberto?

— ¿A mí? ¡Qué me va a pegar a mí! Le pego un puñetazo en el hocico y le hecho sangre. ¡Vas a ver! ¡Como me haga alguna cosa! ¡Déjalo y verás! ¡Y se lo diré a mi mamá! ¡Y vendrá mi papá y le pegará a Grieve y a su papá también, y a todos!

Paco Yunque le oía asustado a Paco Fariña lo que decía. ¿Cierto sería que le pegaría al niño Humberto? ¿Y que su papá vendría a pegarle al señor Grieve? Paco Yunque no quería creerlo, porque al niño Humberto no le pegaba nadie. Si Fariña le pegaba, vendría el patrón y le pegaría a Fariña y también al papá de Fariña. Le pegaría el patrón a todos. Porque todos le tenían miedo. Porque el señor Grieve hablaba muy serio y estaba mandando siempre. Y venían a su casa señores y señoras que le tenían mucho miedo y obedecían siempre al patrón y a la patrona. En buena cuenta, el señor Grieve podía más que el profesor y más que todos.

Paco Yunque miró al profesor que escribía en la pizarra. ¿Quién era el profesor? ¿Por qué era tan serio y daba tanto miedo? Yunque seguía mirándolo. No era el profesor igual a su papá ni al señor Grieve. Más bien se parecía a otros señores que venían a la casa y hablaban con el patrón. Tenían un pescuezo colorado y su nariz parecía moco de pavo. Sus zapatos hacían risss-risssrisss-risss, cuando caminaba mucho.

Yunque empezó a fastidiarse. ¿A qué hora se iría a su casa? Pero el niño Humberto le iba a pegar a la salida del colegio. Y la mamá de Paco Yunque le diría al niño Humberto: "No, niño. No le pegue usted a Paquito. No sea tan malo". Y nada más le diría. Pero Paco tendría colorada la pierna de la patada del niño Humberto. Y Paco se pondría a llorar. Porque al niño Humberto nadie le hacía nada. Y porque el patrón y la patrona le querían mucho al niño Humberto, y Paco Yunque tenía pena porque el niño

Humberto le pegaba mucho. Todos, todos, todos le tenían miedo al niño Humberto y a sus papás. Todos. Todos. Todos. El profesor también. La cocinera, su hija. La mamá de Paco. El Venancio con su mandil. La María que lava las bacinicas. Quebró ayer una bacinica en tres pedazos grandes. ¿Le pegaría también el patrón al papá de Paco Yunque? Qué cosa fea era esto del patrón y del niño Humberto. Paco Yunque quería llorar. ¿A qué hora acabaría de escribir el profesor en la pizarra?

— ¡Bueno! –dijo el profesor, cesando de escribir–. Ahí está el ejercicio escrito. Ahora, todos sacan sus cuadernos y copian lo que hay en la pizarra. Hay que copiarlo exactamente igual.

— ¿En nuestros cuadernos? –preguntó tímidamente Paco Yunque.

— Sí, en sus cuadernos –le respondió el profesor– ¿Usted sabe escribir un poco?

— Sí, señor. Porque mi papá me enseñó en el campo.

— Muy bien. Entonces, todos a copiar.

Los niños sacaron sus cuadernos y se pusieron a copiar el ejercicio que el profesor había escrito en la pizarra.

— No hay que apurarse –decía el profesor–. Hay que escribir poco a poco, para no equivocarse.

Humberto Grieve preguntó:

— ¿Es, señor, el ejercicio escrito de los peces?

— Sí. A copiar todo el mundo.

El salón se sumió en el silencio. No se oía sino el ruido de los lápices. El profesor se sentó a su pupitre y también se puso a escribir en unos libros.

Humberto Grieve, en vez de copiar su ejercicio, se puso otra vez a hacer dibujos en su cuaderno. Lo llenó completamente de dibujos de peces, de muñecos y de cuadritos.

Al cabo de un rato, el profesor se paró y preguntó:

— ¿Ya terminaron?

— Bueno –dijo el profesor–. Pongan al pie sus nombres bien claros.

En ese momento sonó la campana del recreo.

Una gran algazara volvieron a hacer los niños y salieron corriendo al patio.

Paco Yunque había copiado su ejercicio muy bien y salió al recreo con su libro, su cuaderno y su lápiz.

Ya en el patio, vino Humberto Grieve y agarró a Paco Yunque por un brazo, diciéndole con cólera:

— Ven para jugar al *melo*.

Lo echo de un empellón al medio y le hizo derribar su libro, su cuaderno y su lápiz.

Yunque hacía lo que le ordenaba Grieve, pero estaba colorado y avergonzado de que los otros niños viesen cómo lo zarandeaba el niño Humberto. Yunque quería llorar.

Paco Fariña, los dos Zumigas y otros niños rodeaban a Humberto Grieve y a Paco Yunque. El niño flacucho y pálido recogió el libro, el cuaderno y el lápiz de Yunque, pero Humberto Grieve se los quitó a la fuerza, diciéndole:

— ¡Déjalos! ¡No te metas! Porque Paco Yunque es mi muchacho.

Humberto Grieve llevó al salón de clases las cosas de Paco Yunque y se las guardó en su carpeta. Después, volvió al patio a jugar con Paco

21

Yunque. Le cogió del pescuezo y le hizo doblar la cintura y ponerse en cuatro manos.

— Estate quieto así –le ordenó imperiosamente–. No te muevas hasta que yo te diga.

Humberto Grieve se retiró a cierta distancia y desde allí vino corriendo y dio un salto sobre Paco Yunque, apoyando las manos sobre sus espaldas y dándole una patada feroz en las posaderas. Volvió a retirarse y volvió a saltar sobre Paco Yunque, dándole otra patada. Mucho rato estuvo así jugando Humberto Grieve con Paco Yunque. Le dio como veinte saltos y veinte patadas.

De repente se oyó un llanto. Era Yunque que estaba llorando de las fuertes patadas del niño Humberto. Entonces salió Paco Fariña del ruedo formado por los otros niños y se plantó ante Grieve, diciéndole:

— ¡No! ¡No te dejo que saltes sobre Paco Yunque!

Humberto Grieve le respondió amenazándole:

— ¡Oye! ¡Oye! ¡Paco Fariña! ¡Paco Fariña! ¡Te voy a dar un puñetazo!

Pero Fariña no se movía y estaba tieso delante de Grieve y le decía:

— ¡Porque es tu muchacho le pegas y lo saltas y lo haces llorar! ¡Sáltalo y verás!

Los dos hermanos Zumiga abrazaban a Paco Yunque y le decían que ya no llorase y le consolaban diciéndole:

— ¿Por qué te dejas saltar así y dar de patadas? ¡Pégale! ¡Sáltalo tú también! ¿Por qué te dejas? ¡No seas zonzo! ¡Cállate! ¡Ya no llores! ¡Ya nos vamos a ir a nuestras casas!

Paco Yunque estaba siempre llorando y sus lágrimas parecían ahogarle.

Se formó un tumulto de niños en torno a Paco Yunque y otro tumulto en torno a Humberto Grieve y a Paco Fariña.

Grieve le dio un empellón brutal a Fariña y lo derribó al suelo. Vino un alumno más grande, del segundo año, y defendió a Fariña, dándole a Grieve un puntapié. Y otro niño del tercer año, más grande que todos, defendió a Grieve dándole una furiosa trompada al alumno del segundo año. Un buen rato llovieron bofetadas y patadas entre varios niños. Eso era un enredo.

Sonó la campana y todos los niños volvieron a sus salones de clase.

A Paco Yunque lo llevaron por los brazos los dos hermanos Zumiga.

Una gran gritería había en el salón del primer año, cuando entró el profesor. Todos se callaron.

El profesor miró a todos muy serios y dijo como un militar:

— ¡Siéntense!

Un traqueteo de carpetas y todos los alumnos estaban ya sentados.

Entonces el profesor se sentó en su pupitre y llamó por lista a los niños para que le entregasen sus cuartillas con los ejercicios escritos sobre el tema de los peces. A medida que el profesor recibía las hojas de los cuadernos, las iba leyendo y escribía las notas en unos libros.

Humberto Grieve se acercó a la carpeta de Paco Yunque y le entregó su libro, su cuaderno y su lápiz. Pero antes había arrancado la hoja del cuaderno en que estaba el ejercicio de Paco Yunque y puso en ella su firma.

Cuando el profesor dijo: "Humberto Grieve", Grieve fue y presentó el ejercicio de Paco Yunque como si fuese suyo.

Y cuando el profesor dijo: "Paco Yunque", Yunque se puso a buscar en su cuaderno la hoja en que escribió su ejercicio y no lo encontró.

— ¿La ha perdido usted –le preguntó el profesor– o no la ha hecho usted?

Pero Paco Yunque no sabía lo que se había hecho la hoja de su cuaderno y, muy avergonzado, se quedó en silencio y bajó la frente.

— Bueno –dijo el profesor, y anotó en unos libros la falta de Paco Yunque.

Después siguieron los demás entregando sus ejercicios. Cuando el profesor acabó de verlos todos, entró de repente al salón el Director del Colegio.

El profesor y los niños se pusieron de pie respetuosamente. El Director miró como enojado a los alumnos y dijo en voz alta:

— ¡Siéntense!

El Director le preguntó al profesor:

— ¿Ya sabe usted quién es el mejor alumno de su año? ¿Ya han hecho el ejercicio semanal para calificarlos?

— Sí, señor Director –dijo el profesor–. Acaban de hacerlo. La nota más alta la ha obtenido Humberto Grieve.

— ¿Dónde está su ejercicio?

— Aquí está, señor Director.

El profesor buscó entre todas las hojas de los alumnos y encontró el ejercicio firmado por Humberto Grieve. Se lo dio al Director, que se quedó viendo largo rato la cuartilla.

— Muy bien –dijo el Director, contento.

Subió al pupitre y miró severamente a los alumnos. Después les dijo con su voz un poco ronca pero enérgica:

— De todos los ejercicios que ustedes han hecho, ahora, el mejor es el de Humberto Grieve. Así es que el nombre de este niño va a ser inscrito en el Cuadro de Honor de esta semana, como el mejor alumno del primer año. Salga afuera Humberto Grieve.

Todos los niños miraron ansiosamente a Humberto Grieve, que salió pavoneándose a pararse muy derecho y orgulloso delante del pupitre del profesor. El Director le dio la mano diciéndole:

— Muy bien, Humberto Grieve. Lo felicito. Así deben ser los niños. Muy bien.

Se volvió el Director a los demás alumnos y les dijo:

— Todos ustedes deben hacer lo mismo que Humberto Grieve. Deben ser buenos alumnos como él. Deben estudiar y ser aplicados como él. Deben ser serios, formales y buenos niños como él. Y si así lo hacen, recibirá cada uno un premio al fin de año y sus nombres serán también inscritos en el Cuadro de Honor del Colegio, como el de Humberto Grieve. A ver si la semana que viene, hay otro alumno que dé una buena clase y haga un buen ejercicio como el que ha hecho hoy Humberto Grieve. Así lo espero.

Se quedó el Director callado un rato. Todos los alumnos estaban pensativos y miraban a Humberto Grieve con admiración. ¡Qué rico Grieve! ¡Qué buen ejercicio ha escrito! ¡Ése si que era bueno! ¡Era el mejor alumno de todos! ¡Llegando tarde y todo! ¡Y pegándoles a todos! ¡Pero ya lo estaban viendo! ¡Le había dado la mano al Director! ¡Humberto Grieve, el mejor de todos los del primer año!

El Director se despidió del profesor, hizo una venia a los alumnos, que se pararon para despedirlo, y salió.

El profesor dijo después:

— ¡Siéntense!

Un traqueteo de carpetas y todos los alumnos estaban ya sentados.

El profesor ordenó a Grieve:

— Váyase a su asiento.

Humberto Grieve, muy alegre, volvió a su carpeta. Al pasar junto a Paco Fariña, le echó la lengua.

El profesor subió a su pupitre y se puso a escribir en unos libros.

Paco Fariña le dijo en voz baja a Paco Yunque:

— Mira al señor, está poniendo tu nombre en su libro, porque no has presentado tu ejercicio. ¡Míralo! Te va a dejar ahora recluso y no vas a ir a tu casa. ¿Por qué has roto tu cuaderno? ¿Dónde lo pusiste?

Paco Yunque no contestaba nada y estaba con la cabeza agachada.

— ¡Anda! –le volvió a decir Paco Fariña–. ¡Contesta! ¿Por qué no contestas? ¿Dónde has dejado tu ejercicio?

Paco Fariña se agachó a mirar la cara de Paco Yunque y le vio que estaba llorando. Entonces le consoló diciéndole:

— ¡Déjalo! ¡No llores! ¡Déjalo! ¡No tengas pena! ¡Vamos a jugar con mi tablero! ¡Tiene torres negras! ¡Déjalo! ¡Yo te regalo mi tablero! ¡No seas zonzo! ¡Ya no llores!

Pero Paco Yunque seguía llorando agachado.

JAN 3 0 2019